CHANTS

DU PARVIS

PAR LE

F.·. J.-B. COULON

VÉN.·. DE LA L.·. LA PERSÉVÉRANCE

O.·. de Saumur

ANGERS

IMPRIMERIE DE J. LEMESLE, PLACE SAINT-MARTIN, 1

1870

CHANTS DU PARVIS

ANGERS, IMPRIMERIE-LIBRAIRIE J. LEMESLE, PLACE SAINT-MARTIN, I

CHANTS

DU PARVIS

PAR LE

F.·. J.-B. COULON

VÉN.·. DE LA L.·. LA PERSÉVÉRANCE

O.·. de Saumur

ANGERS

IMPRIMERIE DE J. LEMESLE, PLACE SAINT-MARTIN, 1

1870

CHANTS DU PARVIS

A mon Fils et mon Frère
Maximilien PIÉRON

I

Ce n'était plus la voix des foudres menaçants,
Qui passait sur le monde ; et les éclairs brûlants,
S'éteignant par degré dans la nue assombrie,
Ne jetaient plus au ciel de l'immense incendie
Que les pâles reflets. Tous les spectres vengeurs
S'enfuyaient à l'aspect des anges précurseurs,
Doux messagers de paix et de vie immortelle.
Au ciel, des chants d'amour, des bruissements d'aile,
Et d'un nouvel Eden les parfums éthérés,
Mêlaient leur harmonie aux effluves sacrés :
On eût dit la nature, à son premier sourire,
Couronnant l'homme roi dans son heureux empire.
Aux célestes échos : Justice et Vérité !
L'homme avait répondu : Paix et Fraternité !

Tout l'univers s'émut à la bonne nouvelle,
Chaque main se tendit à la main fraternelle.
L'homme qui, jusque là ployé sous mille jougs,
Se nourrissait de haine et de soupçons jaloux,
Sent qu'il meurt à l'étroit derrière ses frontières.
Pour les peuples amis, il n'est plus de barrières.
Les fils de Quirinus, d'Herman, de Spartacus,
Ont déposé le glaive. Il n'est plus de vaincus.
Frères dans l'homme-Dieu, tout autre nom s'efface,
Et nul ne garde au front la tache de la race.
L'homme en Dieu, Dieu dans l'homme, ineffable unité,
Indissoluble chaîne et solidarité.

Il avait découvert sa loi. La conscience
Unissait l'homme et Dieu dans la même science :
Dieu s'expliquait par lui. Le despote éternel
Partageait son empire et n'avait plus d'autel
Que la libre raison et le cœur ; le miracle
N'était plus que la loi, notre raison, l'oracle.
L'orgueilleux sacerdoce allait finir : la foi
Dans l'homme universel voyait le prêtre-roi.
Mystères sacro-saints, trépieds des pythonisses,
Augures, talismans, terreurs et sacrifices,
Détestables engins de superstition,
S'effaçaient, s'abîmaient dans la communion.
Apprenant à s'aimer dans l'agape sacrée,
Esclave, patricienne à la stole dorée,

Grec, barbare ou Romain, dans la fraternité,
Des hommes proclamaient la sainte égalité,
Et le vieux prolétaire, aux portes de l'orgie,
Ne rongeait plus les os de la table rougie.
Dans le pain et le vin communiez, mortels !
Plus de Dieux ! L'amour seul demande des autels.
Hommes libres, salut ! O frères, tout-à-l'heure
Des peuples j'entendais la grande voix qui pleure;
Mon âme s'envolait par le vaste univers :
Partout je ne voyais que de sombres déserts.
Là, chaque homme, brisé sous sa chaîne pesante,
Se creusait loin de l'homme une tombe vivante ;
Là, l'égoïsme impie, en sa froide prison,
Renfermait pour lui seul une fleur, un rayon,
Comme si le soleil refusait sa lumière,
Et comme si les fleurs ne paraient plus la terre.
Insensés, qui n'avez qu'un seul rayon d'amour,
Une fleur pour vos fronts, venez donc au grand jour !
Courez, libres enfin, et les monts et les plaines :
La moisson est à vous, recueillez à mains pleines,
Couronnez-vous d'épis, de pampres et de fleurs !
Si les hommes voulaient, verseraient-il des pleurs?

Les Césars et les Dieux dans la même poussière
Allaient enfin descendre. Alors le grand mystère
Emergeant de la nuit, du sang et des débris,
Allait briller aux yeux, resplendir aux esprits :

Alors se déchirait pour tous le voile antique,
Et le rayon perçait la forme symbolique.
Ainsi l'humanité, libre des prêtres-rois,
De l'égalité seule emprunte tous ses droits,
Et demande au bonheur les lois de la justice.
La suprême vertu n'est plus le sacrifice :
La vertu, c'est l'amour ; le droit sacré de tous,
La solidarité.
Mais le prêtre jaloux
Va briser ce destin avant qu'il s'accomplisse;
Il veut que l'homme encore tremble, adore et maudisse.
« Arrière les impurs ! Néophytes, tremblez !
« Un Dieu pour vous s'immole, il veut des immolés.
« Il faut de la pâleur au front, de la souffrance
« Au cœur : à ce prix seul, la céleste clémence
« A notre voix descend et s'abaisse au saint lieu,
« Pour élever les purs jusques à notre Dieu.
« Pâles initiés, le Dieu qui vous convie,
« Ne se donne qu'à ceux qui lui donnent leur vie. »

Les prêtres ont menti quand, brisant l'unité,
Exilant ici-bas la sainte humanité,
Ils ne l'ont rattachée au monde solidaire
Que par un vain fantôme, un homme-Dieu chimère.
Que parlent-ils encor de leur communion,
Ces prêtres, qu'en font-ils ? Voyez ! dérision,
Mensonge ! Que m'importe, au fond du sanctuaire,
Ces mystiques amours qui dédaignent la terre ?

Cette union d'un Dieu, cette stérile foi,
Qui révoltent mes sens, ma raison, tout mon moi ?
Oh ! pauvre humanité, dans ton rêve extatique,
Sur ton cou s'alourdit la chaîne tyrannique,
Et, quand ton œil au ciel va s'égarer, en bas
L'égoïsme triomphe, et tu ne le vois pas.
Trop aveugles mortels, vos âmes enivrées
S'envolent dans la nue aux régions dorées,
Et depuis six mille ans de ce fatal sommeil,
Vous n'avez point conquis votre place au soleil.
Ils vous donnent le ciel, disent-ils ? Et la terre,
Le sceptre paternel, et la loi tutélaire,
La puissance et le droit, l'honneur, la liberté,
A qui les donnent-ils ? Ah ! pauvre humanité,
Quel cortége de maux tu traînes d'âge en âge !
Ignorance, misère, abaissement, outrage,
Sang et terreur : voilà tout ce qu'ils t'ont laissé.
Va prier maintenant, courbe ton front glacé,
Va, souffre, prie et meurs, éternelle victime !
Va, mais ne maudis pas, car maudire est un crime.

II

Les Dieux s'en vont! Quand Rome, ivre de sang,
Lasse de voluptés, râlante, inassouvie,
Courtisane et giton, de l'Europe flétrie
Pressait encore le flanc nu, frémissant,
L'affreux incube, affolé de luxure
Dans ses infâmes lupanars,
Haletant sur sa couche impure,
Priait les Dieux et les divins Césars.

L'encens fumait, et, du sang des victimes,
Le marbre de Paros s'empourprait tous les jours;
Et le peuple abruti, hurlant aux carrefours,
Applaudissait les dépouilles opimes :
L'or et la pourpre et les trésors des arts,
Les blonds essaims de Germanie,
Et les beaux gitons d'Arménie....
Grâce à nos Dieux, à nos divins Césars!

Et le bon peuple, à son cirque olympique,
S'ameutait en l'honneur ou des Verts ou des Bleus,
Ou jetait dans l'arène, en égayant les jeux,
Un noble esclave aux grands lions d'Afrique.
Ailleurs, un mime, aux beaux cheveux épars,
Enseignait ses poses lubriques,
Ou les gladiateurs stoïques,
Prêts à mourir, saluaient les Césars.

Rome priait... Ses dieux étaient propices,
Les divins pourvoyeurs de l'Empire immortel
Gorgeaient les lupanars et l'arène et l'autel
De voluptés et d'affreux sacrifices.
Sur les sept monts, derrière ses remparts,
Par cent légions protégée
Contre sa victime outragée,
Rome priait les Dieux et les Césars.

Surprise, un jour, dans l'orgie effroyable,
Rome, la glace au cœur et la sueur au front,
Entendit : « Le vieux monde est mort ! Les Dieux s'en vont ! »
Puis, à l'appel de l'oracle implacable,
On vit un peuple de spectres hagards,
Revomis par les catacombes,
Dans la nuit entr'ouvrir leurs tombes,
Criant : « Les Dieux s'en vont ! Plus de Césars ! »

Frères, les Dieux s'en vont ! La conscience humaine
S'affirme en elle-même et dans sa liberté ;
Affranchi de ses Dieux, l'homme a brisé sa chaîne,
Et recouvré sa loi, son moi, sa royauté.
Maître de son destin par un effort suprême,
Il devient son grand-prêtre et son législateur ;
Lui seul est son oracle et son révélateur,
Et, pour posséder Dieu, se possède lui-même.

Non, il ne lui faut plus de tonnant Sinaï,
Où se grave sa loi sur la table de pierre ;
Debout, et face à face avec Adonaï,
Sa justice est sa foi, son droit est sa prière.
Quand il cherche ce droit dans la sainte équité,
Qu'il poursuit l'ignorance, épouvante le crime ;
Que, libre, au sacrifice il se jette en victime,
Et prodigue sa vie à la fraternité ;
Il peut répondre à Dieu, fort de sa conscience :
« Grand Etre, je ne puis me comparer à toi,
« Mais comme toi, je suis Force, Beauté, Science...
« Je sais souffrir, aimer.... Aimes-tu comme moi ?
« Les prêtres t'ont nommé le Dieu de la vengeance ;
« Ils disent qu'à mourir l'homme fut condamné ;
« Que son crime, il est vrai, par toi fut pardonné,
« Mais que ton bras poursuit l'éternelle sentence.
« Blasphème! Eh! qu'ont donc fait, pour naître et pour souffrir,
« Ces générations qui n'étaient pas encore ?
« Qu'a fait contre ce Dieu, l'enfance, pour mourir ?

« Qu'a fait cet embryon mort avant que d'éclore ?
« O docteurs, dites-moi pourquoi l'herbe des champs
« Se flétrit aux rayons de l'astre de la vie,
« Et pourquoi la corolle, à peine épanouie,
« Exhale ses parfums le matin d'un printemps ?
« Pourquoi, dans nos forêts, le chêne séculaire,
« Qui brave, dédaigneux, le souffle des autans,
« Se couche-t-il enfin sous la plante éphémère,
« Parasite d'un jour des cadavres géants ?
« Pourquoi, si l'avalanche ou Vulcain la secoue,
« La sierra voit crouler ses sommets orgueilleux ?
« Pourquoi l'astre puissant est broyé dans les cieux,
« Comme un grain de gravier qu'écrase un tour de roue ?

C'est que tout doit mourir pour renaître : un tombeau
Est le creuset divin où l'être s'élabore,
Où le pur diamant de ses feux se colore,
Et de l'indéfini la mort est le berceau.
Des êtres relatifs, formidable rouage,
Que meut l'Etre absolu dans sa pérennité,
La mort n'est point d'un Dieu la vengeance ou l'outrage :
C'est la vie en progrès dans l'immortalité.

III

Frères, les Dieux s'en vont ! leur vieille majesté,
Qu'enivre encor l'encens de la crédulité,
Sur les foudres éteints, aux sanctuaires vides,
S'endort béatement dans ses rêves stupides.
L'aigle chauve a perdu ses ongles menaçants,
Usés aux flancs d'airain des modernes Titans.

Aux tabernacles d'or, dans vos cieux solitaires,
Vieux Jéhovahs tonnants, déités débonnaires,
Dormez, mystérieux, votre divin sommeil,
Ou cherchez des croyants sous un autre soleil.

A l'homme libre il faut un Dieu dont la puissance,
Respecte sa raison et son indépendance,
Dont l'immuable loi gouverne les mortels,
Auguste sanction des décrets éternels.

Il ne veut plus d'un Dieu qui, pour parler en maître,
Attend un vœu timide ou le signal d'un prêtre,

D'un créateur jaloux, qui ne sait point finir,
Et, sans médiateur, pardonner ou punir.
Gardez, Dieux fainéants, vos ministres sans nombre :
Entre le monde et Dieu l'homme ne veut point d'ombre

L'homme libre, à son front de roi,
Veut ceindre enfin le diadème
De la justice et de la loi.
Devant leur tribunal suprême,
Découronnés de leur splendeur,
Les Dieux sommés de comparaître,
A la raison vont répondre sans prêtre,
Sans oracle menteur.

L'oiseau, qui vole dans l'espace,
Peut-il demander au destin
Pourquoi sa pauvre aile se lasse
Dans son invisible chemin ?
La rose, qu'un rayon colore,
Peut-elle se plaindre qu'un jour,
Sous le rayon elle meure d'amour,
D'un baiser qui dévore ?

Non. Mais l'oiseau, qui plane aux cieux,
Peut maudire la loi cruelle
Qui, par un caprice des Dieux,

Ferait le vide sous son aile.
Mais la rose, qui va mourir,
Se plaindrait-elle avec justice,
Si le destin flétrissait son calice
Sans rayon ni zéphir ?

L'être a sa loi sainte, immortelle,
L'embryon la porte en son sein ;
Il naît, vit et meurt avec elle,
Et par elle renaît demain.
Le Temps ne l'a point enfantée,
Le Temps ne saurait la changer,
Et nulle voix ne peut interroger
Le Dieu qui l'a dictée.

L'homme seul, dont le bras puissant
Désarma le Dieu du tonnerre,
Et sur le Caucase sanglant
De son vautour lima la serre ;
Qui, demain, des éclats vengeurs
De sa formidable parole,
Va foudroyer du nouveau Capitole
Les Dieux usurpateurs ;

L'homme, dont le divin génie
Est armé de la liberté,
Verrait-il sa force infinie
Liée à la fatalité ?

Et la faiblesse ou l'ignorance
Du Dieu d'imbéciles croyants
Prétendrait-elle, en ses libres élans
Briser la conscience ?

Homme libre, il est temps, lève-toi ! Plus de Dieux,
Que l'appel d'un dévot fait descendre des cieux,
Pour étouffer l'esprit sous d'absurdes oracles
Et violer la loi par d'insolents miracles.
Plus de Dieux inclinés du céleste séjour,
Pour flairer quel encens, quel parfum de prière,
S'exhalent chaque jour dans le vieux sanctuaire,
Et dispenser à l'homme ou la haine ou l'amour.

Homme, les Dieux s'en vont ! L'éternelle Justice,
Qui veut que tout devoir et tout droit s'accomplisse,
Homme, voilà ton Dieu ! Souriant au berceau,
A la vie, à la mort, dans l'ombre du tombeau,
Elle n'abdique point sa puissance inflexible.
Elle est parce qu'elle est, consolante ou terrible,
Fleur ou monstre hideux, ténèbres ou rayon,
Chant joyeux de l'oiseau dans le nid du buisson,
Au chevet du tyran cri du fantôme blême;
L'immuable justice, ordre, vertu suprême,
Unique, universelle, elle émane de toi,
Règne sur toi, sur tout. C'est ton Dieu, c'est ta loi

IV

Frères, les Dieux s'en vont ! Les peuples étonnés
Voient rajeunir en vain leurs temples ruinés ;
Sous leurs arcs flamboyants et leurs riches portiques
Renaître des vieux temps les merveilles gothiques ;
Sur le marbre et sur l'or des tables de la loi
Ne revit plus l'esprit de leur antique foi !
Elle est morte, sans nom, vieux mythes, vieille poudre

Quel nouveau Sinaï ferait gronder sa foudre
Pour courber aujourd'hui l'homme par la terreur,
Aux pieds d'un vice-Dieu, prêtre exterminateur ?
La foule passe, et rit, quand un vieillard mystique
Tonne en sombre Jupin de l'Opéra-Comique.

Non, il ne suffit plus de bâtir des palais,
D'oindre rois et prélats, d'entasser à grands frais
Des marbres précieux qu'un servile génie,
Pour la crédulité, transforme et déifie ;
Non, il ne suffit plus au culte des mortels
De redorer un sceptre ou d'orner des autels :

Royauté, droit divin, prestigieux miracles,
Lois, révélations, infaillibles oracles,
La sévère Raison, s'armant d'un droit égal,
Ose les citer tous devant son tribunal.

Frères, un jour encor, le fanatisme impie,
Délirant à son gré, peut rêver qu'il expie
Dans des torrents de sang impur et détesté,
L'irrémissible outrage à sa Divinité.
Qu'il tende en frémissant vers le Dieu qu'il adore
De ses auto-da-fé la torche tiède encore!
Quel Guzman, aujourd'hui, pourrait la rallumer?
Le Saint-Office est mort, et ne peut plus armer
Tous ses pieux bourreaux de Madrid et de Rome.
Si l'on excommunie, il faut respecter l'homme.

En vain, pour seconder cette sainte fureur,
Au monstre vient s'unir son infernale sœur.....
La voici : c'est la louche et pâle hypocrisie.
Elle marche, en rampant, sur la dalle moisie,
Et se glisse en sifflant : reptile venimeux,
Elle enroule à l'autel ses replis sinueux ;
De noirs poisons se teint sa lèvre de vipère,
Et son œil clignotant redoute la lumière.
« Tu ne sais plus régner sur ce pauvre univers,
» Lui dit-elle, et déjà tes temples sont déserts.
» L'hérétique insolent brave le Saint-Office,

» Et l'Index offre seul à Dieu son sacrifice.
» Veux-tu régner encor? Veux-tu, comme autrefois,
» Jusque dans leurs palais, faire blémir les rois?
» Incline ton orgueil, assouplis ton génie,
» Sur la feinte douceur asseois la tyrannie.
» Laisse-là ces bûchers, ces cachots, ces poignards,
» De ta fauve prunelle adoucis les regards;
» Devant l'homme puissant que ton genou se plie,
» Que ton âme maudisse, et que ta lèvre prie.
» Je sais ton ennemi, je connais sa fierté,
» Son front haut et superbe : il a nom Liberté!
» Il rit de ta colère, et son antique audace
» Ne s'abaissa jamais à te demander grâce.
» Mais moi, je sais le vaincre : à ses fières ardeurs
» J'oppose mes soupirs, ma tendresse et mes pleurs,
» Et l'Hercule invincible, oublieux de sa force,
» S'endort en savourant cette enivrante amorce.
» Combien de fois, dormant et bercé sur mon sein,
» N'a-t-il pas recueilli mon perfide venin?
» Combien de fois, la nuit des luttes triomphantes,
» N'ai-je pas distillé dans ses veines brûlantes,
» De l'inerte sommeil les languissants poisons,
» Ou de feux inconnus la fièvre et les frissons?
» Partageons le pouvoir, je te cède mes armes,
» Mon visage, ma voix, mes caresses, mes charmes. »

Alors, vous eussiez vu, dans un hymen affreux,
Les deux monstres s'unir par d'effroyables nœuds,

Et, la bouche livide, écumant de luxure,
De sang et de poisons mêler leur bave impure.
Le monstre hermaphrodite, évitant le grand jour,
Sous la guimpe ou le froc se cache tour-à-tour ;
Courtisane effrontée ou dame repentie,
De Satan et de Dieu ménageant la partie,
Il se joue à la fois des faibles et des forts,
Et de la liberté dissout tous les ressorts.
Sous sa marche imprudente habilement il mine,
Et de son sol mouvant prépare la ruine.

Frères, depuis longtemps l'infâme Déité
Dans l'ombre eût immolé la sainte Liberté,
Si, descendant enfin dans la nuit où nous sommes,
L'auguste souveraine et des dieux et des hommes
De ses yeux obscurcis n'eût levé le bandeau,
Et sur l'abîme ouvert allumé son flambeau.
De la terre et du ciel douce et puissante reine,
Vérité, conscience, à ta clarte sereine,
Chaque être suit sa loi dans l'immense univers,
De l'espace éthéré jusqu'aux sombres enfers.
Ton magique miroir découvre aux yeux du sage
De l'ordre universel l'inaltérable image.
Par quelque nom que l'homme ait voulu t'appeler,
La raison et le cœur ont su te révéler :
Générateur du monde, éternelle Harmonie,
Moi du Grand-Tout, Puissance et Sagesse infinie,
Dieu, Justice suprême et Solidarité,
Je n'ai, pour te nommer, qu'un seul mot : Vérité.

Frères, les Dieux s'en vont, mais la Vérité reste,
Qui, seule, indépendante, elle-même s'atteste :
Dans l'homme et malgré l'homme, elle affirme ses lois,
La conscience humaine en est l'écho, la voix ;
Mais l'âme universelle, origine première,
L'absolu dans le vrai, père de la lumière,
N'emprunte rien de l'homme : hier, comme aujourd'hui,
Il est parce qu'il est, et n'attend rien de lui.

Frères, les Dieux s'en vont, mais l'Amour, sur la terre,
Noue entre les humains le lien solidaire
Qui rattache au Grand-Tout, dans la communion,
L'ensemble harmonieux de la création ;
De l'être indéfini mystérieuse chaîne,
Dont le premier anneau part de la race humaine,
Pour unir les amours de l'Univers entier,
Et jusqu'à l'Absolu rattacher le dernier.

COMMÉMORATION DES MORTS

COMMÉMORATION DES MORTS

A mon F.·. Amédée De la TOURETTE

On nous a dit : Pleurez aux tombeaux de vos frères
Dans l'insondable abîme à jamais descendus,
Gouffre silencieux d'ombres et de mystères,
Où force, esprit, amour, se perdent confondus,
Côtoyant le néant et remontant à l'être,
Atômes triturés par le sombre destin,
Pêle-mêle de vie unis sans se connaître,
Êtres dans le présent et morts sans lendemain.
Poudre, restes sans nom, mais fantômes pas même,
Pas même l'ombre, hélas ! que j'appelle la nuit,
Pour qu'elle dise encor ce que là-haut elle aime,
Et qui, me souriant, montre le ciel et fuit !
Non, pas même cela, fantôme, ombre sacrée....
Comment dire au tombeau ce qui reste de toi,
Martyr, grand citoyen, mère, vierge adorée ?
Qu'es-tu ? Le ver répond de la tombe : C'est moi !

Voilà donc tout l'effort de la philosophie !
Ce qui rend l'homme grand, intègre, généreux,

De l'honneur, du devoir, fait esclave la vie,
Et nous dit : Homme, vis, souffre, et meurs vertueux !

Sous l'inflexible loi de l'austère justice,
Du dévouement pieux, du sanglant sacrifice,
Voilà donc, dites-vous, fils de la liberté,
Ce qui courbe vos fronts ? Destin, fatalité !
Destin ! non, je le sais, ce mot vous importune...
Eh bien ! changeons le nom : Nature et Loi commune,
Eternelle Genèse et Cercle illimité,
Où la vie et la mort font l'immortalité :
De quelque nom pompeux que ce néant se nomme,
Il faut répondre enfin..... Que faites-vous de l'homme ?
Le grain de sable aussi, comme nous, suit sa loi,
Mais ma loi souveraine, immuable, c'est moi;
Ce moi mystérieux, régulateur suprême,
Qui juge l'univers et se juge lui-même,
L'homme enfin, tout entier, la personnalité,
Demi-dieu responsable, esclave et majesté :
Qu'en faites-vous, penseurs ! Levez-vous, Marc-Aurèle,
Lincoln ou Washington ! Quelle règle immortelle
Grandit le citoyen et fait courber les rois ?
Où se trouve ici-bas la sanction des lois
Qui vous ont enchaînés dans cette noble étude
De conduire au bonheur la vile multitude ?
Philosophes, parlez ! Voici Léonidas,
Ou Desaix, ou Marceau, Beaurepaire ou d'Assas :
Ils sont libres, et vont mourir pour la patrie,

A quelle loi faut-il qu'ils immolent leur vie ?
La gloire, avez-vous dit? La solidarité?
Un illustre renom dans la postérité ?
La conscience? — Honneur, renom, vertu, morale,
Qu'est-ce que tout cela sous la tombe fatale,
Où ne descendra plus l'écho d'aucune voix,
Où vérité, justice, amour, devoirs et droits,
Ne seront plus, demain, que d'illustres fantômes,
Ou la commune Loi qui pèse les atômes?
Qu'est-ce que tout cela dans la vie? Un semblant.
Qu'est-ce que tout cela, dans la mort? Un néant.
Le renom! demandez au vertueux Socrate
Si sa cendre vaut mieux que celle d'Erostrate?
Meurtrier d'Agrippine et de Britannicus,
Ton âme est au niveau de celles des Gracchus;
Des Phryné, des Laïs, ou d'une Cornélie,
L'âme est de même boue engendrée et pétrie.

— Mais la vertu, du moins, centuple le bonheur!
D'enivrements secrets elle ravit le cœur,
De l'orphelin qui pleure aime à sécher les larmes,
Et de la charité sait goûter tous les charmes;
Elle apporte aux mortels d'ineffables trésors,
Et, par elle, le cœur peut jouir sans remords.

— Vous le dites, c'est bien. Mais, lorsque la misère,
L'infâme pauvreté, funeste conseillère,

Vient s'asseoir chaque jour à mon triste foyer,
Et qu'il n'est plus de Dieu que je puisse prier;
Quand la haine et l'orgueil, sourds à mon infortune,
Me chassent, dédaigneux, de la table commune,
Le bonheur, dites-vous, rend l'homme vertueux?
Mais qu'est donc la vertu pour l'homme malheureux?
Un mot, une chimère, un vain mirage, un songe...
Plus odieux encore : un outrage, un mensonge.
Ah! je vous reconnais, disciples de Malthus!
C'est vous qui nous disiez hier : « Malheur aux vaincus!
« Si vous êtes de trop au banquet de la vie,
« Arrière! c'est pour nous que la table est servie.
« Vos pleurs feraient ici grimacer le plaisir :
« Allez, fils du hasard, il faut savoir mourir.
« Sur ce seuil fortuné malheur à qui succombe!
« Il n'est plus qu'un festin : c'est celui de la tombe. »
Vous dites aujourd'hui : « Justice, que veux-tu?
« C'est dans l'égalité, le droit et la vertu,
« Que nous cherchons la loi du bonheur. Oh! sans doute,
« Plus d'un vaillant marcheur expire sur la route,
« La caravane passe.... en avant, pèlerin!
« Sa poitrine est en feu, les ronces du chemin
« Ont déchiré ses pieds, dont la trace sanglante
« Guide d'un plus heureux la marche triomphante....
« Il s'arrête... O malheur! Il tombe en maudissant...
« La caravane passe... En avant! en avant!
« Puis un autre, après lui... puis encor... Grâce! grâce!
« En avant, pèlerin! c'est le destin qui passe!
« Il emporte avec lui l'humanité, debout!

« L'individu n'est rien, l'humanité, c'est tout.
« Amour, haine, douleur, plaisir, vie, agonie,
« Sont les notes d'accord de la grande harmonie. »

— Ordre, harmonie! Achève: encore un mot, penseur!
C'est la terreur du crime, et la foi du malheur.
Seul, il peut m'expliquer le noble sacrifice,
Le vice et la vertu; ce grand mot, c'est justice!
Avec lui je comprends le droit et le devoir,
L'esclave et le tyran, tout jusqu'au désespoir
Maudissant un vainqueur, ou fierté souveraine,
Sur le front du puissant brisant sa lourde chaîne.
Liberté! conscience! alors je vous comprends :
Si vos droits sont niés, ailleurs je vous attends.
Donnez-moi ces trois mots: justice, ordre, harmonie,
Le reste importe peu : je vous donne ma vie.

www.ingramcontent.com/pod-product-compliance
Ingram Content Group UK Ltd.
Pitfield, Milton Keynes, MK11 3LW, UK
UKHW012124240726
13965UKWH00005B/1950

9 782013 044592